# 洛阳

# 水

# 之

# 阳

陆健 著

郑州大学出版社

**图书在版编目（CIP）数据**

洛水之阳／陆健著. — 郑州：郑州大学出版社,2021.1（2024.6重印）

ISBN 978-7-5645-7440-6

Ⅰ.①洛… Ⅱ.①陆… Ⅲ.①诗集-中国-当代 Ⅳ.①I227

中国版本图书馆 CIP 数据核字（2020）第 231037 号

洛水之阳
**LUO SHUI ZHI YANG**

| | | | |
|---|---|---|---|
| 策划编辑 | 李勇军 | 封面设计 | 小　花 |
| 责任编辑 | 孙精精 | 版式设计 | 小　花 |
| 责任校对 | 樊建伟 | 责任监制 | 李瑞卿 |

| | |
|---|---|
| 出版发行 | 郑州大学出版社（http://www.zzup.cn） |
| 地　　址 | 郑州市大学路40号（450052） |
| 出 版 人 | 孙保营 |
| 发行电话 | 0371-66966070 |
| 经　　销 | 全国新华书店 |
| 印　　刷 | 山东华立印务有限公司 |
| 开　　本 | 890 mm×1 240 mm　1／32 |
| 印　　张 | 6.25 |
| 字　　数 | 99 千字 |
| 版　　次 | 2021 年 1 月第 1 版 |
| 印　　次 | 2024 年 6 月第 2 次印刷 |

| | | | |
|---|---|---|---|
| 书　　号 | ISBN 978-7-5645-7440-6 | 定　价 | 58.00 元 |

本书如有印装质量问题,请与本社联系调换。

# 目 录

下卷

2018 年

# 上卷

## 2006 年

# 洛河水

洛河水，温柔的洛河水
连着黄河，连着天下水
饮水的人——不分好人坏人
他只要喝，你就给

河图洛书的故事再次泛起微波
我再次望着桥上的人流穿梭
今天是 2006 年 1 月 25 日

一个普通的日子谁生过，谁死过
一万年前沿着洛水许多原始部落
兽皮裹身的人们奔忙在岸边
有稀稀落落的菽粟，有石斧石刀
彩陶盆散落在他们周围

衣襟挂满落红和游鱼的洛河水
星汉灿烂，安静有如
月色朦胧中浴女的洛河水
曹植才高八斗，七斗
都用在写洛阳上面了
筛出五斗，与洛河相关

天下的金银和美貌从陆路、水路来
供这里的人们把自己消费
时间从不会排斥谁、放过谁

一次次捧起收获，一次次抚平战争
把士兵、把道德的伤口涤净的河水
被排进多少污垢，就有多少次淘洗
你又不声不响地完好如初

而时刻，你的水浇灌的庄稼中
长成的我的血肉、思想、骨骼，洛河
我已不宜像年轻时那样对感情说得
细腻具体、话语婆娑。水啊，原谅我

# 卢舍那大佛看到什么

我不知道洛阳治安状况是不是
比别处好些，反正卢舍那看着呢
我不知道洛阳的干部是不是
比别处廉政些，反正卢舍那的眼睛
睁得大大的

大佛是用佛做的，还是用石头做的？
身高十七米多，耳朵比我的个头还高
大佛是石头做的，我前面的人
我后面的人，谁还怕他做什么？

大佛慈祥，眼望别处
好像故意不看我，也许
我看他时他看着天下

我看天下时他才看我

从农耕文明，到工业社会
信息时代，电子媒体
锄头、机器、电话、E-mail
白领阶层已经天天在"博客"

生活的关键词，为什么还不能
铲除贫穷、孤独、战争和污染
他早就看穿了人民的居心
我的一生注定要在愁肠中度过

# 不是唐僧把马停在这个地方

不是唐僧把马停在这个地方
停在 9 路汽车站牌的地方
离早先的正骨医院不远的地方
小时候我采桑叶
喂小纸盒里那几条蚕的地方

我为盆里的那几条金鱼
捞鱼虫可不用跑那么远

不是唐僧把马停在这个地方
比唐僧更早，白马寺
天竺高僧摄摩腾、竺法兰
马蹄声声里汉朝更高
在我读过的典籍里

洛阳也"十万八千寺"
有通向五湖四海的官道

白马白马，洛阳
是它的右眼看得到的地方
白马白马，我的脚印歪歪扭扭
我的履历上有点点黑斑

# 光武帝的治国方略

光武帝明睿还是昏聩
让历史去裁定,当时雒阳
城池壮观宫阙巍峨经济繁荣
在全世界能拔头筹。光武帝
想到这儿面有得意之色

从铜驼街,从御道出城门
光武帝狩猎,猎物们山呼万岁

与兔子狐狸稍事切磋,无非
弹弹弓弦,让汗血马练练腿脚
"治大国若烹小鲜",天下
刚巧是一道点心。皇帝归途
眉头稍皱,天色就暗了下来

雒阳如默不作声的庞然大物

静悄悄文武百官和五十一万臣民

华贵的车辇接近上东门

宫城内的击柝声已清晰可闻


城门侯郅恽竟拒绝车马进城

大呼皇上有令夜晚禁止通行

城头不能举火，光武帝气得

头发像方便面一样都打卷了

无奈，只好吩咐绕道中东门


第二天早朝等待封赐的

中东门侯被罚俸银官阶降三等

上东门侯郅恽却被提拔，赏布百匹

# 金谷园住过一位很奢侈的大官

金谷园——洛阳火车站对面
金谷园，我曾以为是"金果园"
现在回想起，真有趣啊
"金果"摘了就能吃；"金谷"呢
还要脱粒去糠，还要蒸熟，多麻烦

听说当年，金谷园锦缎搭棚铺十里
有半个皇宫大。住着荆州刺史
钟鸣鼎食，"白蜡当柴烧"。好好的
两尺多高的珊瑚树，他抄起铁如意
"哗啦"打碎了皇上舅父的面子
这样的人不遭报应才怪呢

那些楼阁啊庭院啊，招惹了太多人

给烧了。冒儿下烟，没了
烧就烧了吧，不然反腐倡廉的今天
请哪位人民公仆住都不合适

绿珠跳了楼，软软地，在空中
画了一个美丽的弧。跳就跳了吧
不然现在的养老院、干修所
谁肯修那么长的走廊，来展开
她的白发三千丈呢？

# 洛师一附小

冰心奶奶题过校名，牛吧？

谦虚一点说，叫非同一般

很大，分两个校区。起码我觉得

比汉、晋的太学加起来还宽阔


我们西院两座楼，课桌是翻斗桌

——比很多小学的方框桌"洋派"

校门边有个卖烤红薯的老爷爷

他的眼神好像都是糖心的


一、二、三年级和六年级，我读了

四年书，其余两年当红卫兵

同学从厕所捞一泡大粪，架在教室门上

老师推门，臭气砸了一脸一身

我不明不白地傻笑，看大同学
铺一堆稻草，从二楼的教室窗户
往下跳。我正想学他们，被姐姐
揪回家，让妈妈在屁股上一顿揍

后来在中学，捡炉渣烧战备砖
帮农民夏收、秋收，去工厂敲铁皮
然后下乡插队。等进了大学才醒悟
自己连"人之初"都没念通顺

难怪我碌碌无为至今
连写一首诗都写得这么差劲——
当然，不是洛师一附小的责任

# 周公庙

母亲单位食堂的李伯伯问我
长大以后做什么？我说上大学

旁边的方阿姨差点
没把嘴里的饭喷出来
"昨天晚上梦周公了吧"
我张大嘴巴发愣，周公是谁？

第一次溜进荒草萋萋的周公庙
为学武术——我年幼时体弱
受别人欺辱。至于周公
制礼作乐做什么，又不关我的事

让罢课闹"革命"我就罢课

让复课闹"革命"我就复
让干的干不让干的也敢干了
鬼神不要怕，良心不要怕
彻底的唯物主义者是无所畏惧的

那么多年过去了，还没轮到我
"内弭父兄，外抚诸侯"
《周易》，我不懂；命运，我信服
残破的大殿基址和两棵千年古树

现在定鼎堂、礼乐堂重修了
又有港澳台同胞来寻根祭祖
电台电视台搬到九都路去了
周公终于可以清静地做梦

他梦见自己的后代
在欲望的洪水中挣扎

# 比拟古人

小学同学赵公权，毛笔字
写得好——撇是撇捺是捺的
我曾经把他比作褚遂良

爱给黑板报画插图的中学同学
杨光，再大的白纸都能画满
我真情愿他名叫顾恺之

石磊和郭新，在我们班数学最棒
比作祖冲之吧，祖冲之乐意不乐意
不好说；两位女同学一准儿不高兴

小学中学，作文第一总是我
我应该是韩愈或者陈与义了吧？

不行，万一将来我的文章

比他们二位的还好，那我今天的
作文本上，苏广超老师就会
给一个"比喻欠妥"的评语

# 白阿姨

白阿姨白——百分百，她
嫁给谁我都觉得不应该
那时我只想快快长啊
要是当时读过《洛神赋》
非用宓妃来形容她不可

长大了我眼神差了，到底
她是否闭月羞花，看不清了
反正至死她都是白阿姨
我绝不能说她坏话

水桶那般大小的蜂窝煤炉子
放在屋门外。一会儿
两人的说笑声煮沸了，元宵

煮熟了。那位上海籍叔叔瘦瘦的
见人笑笑的，语速"嗖嗖"的
怎么瞅他，都有点酸不溜丢

白阿姨的肚子，竟在光天化日
之下鼓起来了
让一个少年甚感扫兴

# 我的同桌关伯良

每次教室外的屋檐下面铃声爆响
我们男生先从桌子下面伸出一条腿
老师"下课"的话音还没落
就冲出去，争占院子里的乒乓球台

关伯良很随意地出来，从不跟大家抢
尽管学习一般，但是人家有特长
"全市少年乒乓球冠军"，怎么样？

关伯良和人打架的场面，我见过
出手像抽球；又像一位军人
正在飞快地敬礼

人人都维护他，他是榜样。但是

假如和他闹了意见，大家心里不爽
谁要说他优秀，我们就撇嘴顶撞

"俺们洛师一附小东院的黄亮
得过世界亚军哩，关伯良还比不上"

# 老集菜场

我在老集菜场买的菜，都是
冲锋陷阵买来的

冲锋，因为大家不肯排队
陷阵，人群、人潮翻滚

菠菜常吃，韭菜老吃
就这还常常吃不上呢
我个子小，贴着店门边缘往里挤

被当护栏用的水泥预制板硌得
肚子痛难忍。人们大呼小叫
老人嘴歪眼斜口吐白沫
即使你背后是位妇女

她的一对大乳房也不暖烘烘

我买出半筐西红柿、几棵大葱
喘喘气，到就近的连环画书摊上
花两分钱犒劳一下自己

在老集肉店买肉，要买肥的炼油炒菜
在老集煤场买煤，凌晨三点排队
先用借来的架子车排在门口——

那次我排在 361 号，第二天傍晚时
大概能买到。天真黑真冷，我跺脚
在原地打转，缩脖子弯腰我变得
比我的十四岁更小。冷得厉害
只有泪水在脸上热了一会儿

# 司马懿坟前的一场战斗

少年时候同学郊游，玩打仗

好刺激，跑得衣袂飘飘
土坷垃、石子儿"嗖嗖"四下飞，喊叫
恰似当年"文攻武卫"的大人们

大家都成了土猴儿，喘气
还不耽误，七嘴八舌争论
司马懿和诸葛亮，谁更正确

只可惜，没等练好身手
"文革"就已开始，我们只好
跟在叔叔阿姨屁股后面闹造反

遗憾的是，并没获得过
打人，或烧掉大楼的煌煌战绩

那天，刚从司马懿坟上下来
就看见一个大孩子做裁判
两个小孩互打耳光——

"啪!" "啪!" 响得很急
很久，声音才慢了、弱了下去
就像人间一个疲劳的真理

# 印象中的三个人物

我佩服过刘伶。晋朝

怎么就那么洒脱呢？他喝酒

走到哪儿把胃拎到哪儿。让仆人

背着铁锹跟到哪儿。刘伶说我要是

醉死了你就地挖个坑把我埋在那儿吧

随便那是什么地方——

那时候我上高中，还没沾过酒

我佩服过一个坏人。他把

王城公园里的一只老虎偷出来

背到涧河边杀了剥皮。那时候

我还没听说过麻醉枪，以为老虎

喝醉了。后来他被抓住枪毙了。那时

他的胆子真够大力气也够大——那时

我插队很久，心里塞满逆反的念头


我佩服过郎宝洛。他是我高中
同学。虽然没上大学但他的
学习成绩一贯好。我去北京读书
时候他去长江黄河上漂流
长江不曾吞没他黄河的浪潮
像老虎千百只爪子打倒了他
——也许他太瞧不起我们了
不愿和我们活在同一个世上
听到这消息三中的师生都哭了

# 我的父亲

在公交车上被踩了一脚，刚得到
一句"对不起"，就让那人
又踩了一脚，仍然没见他发火
——他是我的父亲

在"文革"中背了几百遍语录，被批了
几十次，被罚看守了五年单位大门
让我蹲着陪他下了三年半象棋

别人越批官越大，唯他越批官越小
仍然埋头工作的，是我的父亲

同事开玩笑说，他对洛阳贡献很大
包括把我母亲从一个

见人脸就红的北京姑娘
变成个爱说话的洛阳老太太

少不更事的我，心里窝火啊
涨工资让了又让，岗位竞争
退了又退。他在延安的老同学
都当部长了，他还是个正科级

"老陆是好人哩！"这句话
像很高的坡度，父亲爬到
八十二岁，终于攀爬上去

追悼会照章办理。有人抽泣
流下的泪水——四滴或者
三滴

# 爱过一个洛阳女孩

我的腋毛开始生长，说话声音
带着许多毛刺，嗡嗡的
我爱过的那位洛阳女孩，比较大
以当年辈分称呼，我得叫她
"阿姨"。她是谁？这是一段隐私

后来移情别恋。我十七岁
她的脸颊像"山丹丹开花红艳艳"
以当时的年龄来论，应该是一位
"姐姐"。她是谁？
我告诉你就等于出卖了她

她们当时的年龄，我今天该叫她们
"妹妹"或者"孩子"。洛阳女孩

她们是谁？不能说，说给谁听？
夫人会骂我"老不正经"

她们和我妻子多少有些相似之处
婚姻仿佛——命中注定
妻子说："老同志，你就不要
反复强调自己的清白啦！"

是啊，这辈子我还清白得了吗？

# 董卓本来是不想当皇帝的

起先董卓骑马进城时候

马蹄铁的声音甚是稳健

像他当初带兵打仗，挡不住的骁勇


后来不知怎的，甚是凶恶了

龇龇牙，胡须里藏着一只猛虎

没防备他想当皇帝的念头

刚长到玉玺那么大，却

死在持方天画戟的吕布手中


貂蝉拜过的洛阳的月亮，那叫

一个圆，圆，不停地圆啊

像一只玉盘没来得及摔碎在地上

武则天晚年很寂寞，无奈地瞅着
薛怀义在白马寺闹事。晋惠帝纳闷
百姓饿死——为什么不喝肉粥呢
他的大师派头叫臣子们目瞪口呆


千百年哪一袭皇袍不裹着凶险
想当皇帝的人总是印堂发暗
可还是有人忍不住要当，要抢
要偷梁换柱。就像小孩子


第一次随父母进城串亲戚
想憋住不尿裤，但是没憋住

# 又见洛水

洛水。水阔。水美

洛浦秋风缓缓地吹。有人醉

想当年，汉献帝喝一口这水

登上皇位——摇摇欲坠的龙椅

我喝一口，牙牙学语

隋炀帝喝一口，通京杭运河

我喝一口，茁壮成长

曹操喝曹植喝蔡文姬喝

喝过之后各忙各的

我忙于青春萌动，喉咙沙哑

刘阿斗喝得都找不着北了

王羲之的字写得好，也借过

当时朝廷的倡学之德

很多人的隐秘或甜蜜

人生的辉煌或暗淡

是不是都和这水有点儿瓜葛？

宫娥们还洗过

她们粽子一般的小脚吧

君王一把就将那粽子攥在掌心


大家都喝洛河水。幸亏

宫女没害脚气，君王的手上没癣

# 豫剧"皇后"马金凤

马金凤十几岁成名，莽莽中原
你骑着快马追不上她的名声
谁不夸她的扮相，说她的嗓音
比凤冠霞帔还漂亮
八十三岁高龄——老奶奶级别了
还频频到郑州、北京演出
我悄悄用一句洛阳话评价
——真是成精了

当年在中南海怀仁堂
毛主席为她鼓过掌；长安大戏院
首都人民叫好的声音震天响
一时间豫剧唱腔从漠北到江南
像春天洄游的鱼往上风上水

又走了一趟。这个"皇后"
比武则天的皇后当得还值哩


《花打朝》好,《穆桂英挂帅》更好
在胜利的舞台上,我并不知道
她是谁。那年她四十,我将近八岁
只认为天下女人,就该这般貌美


一会儿睡着了,父亲背我回家
我在梦中高大威猛,以前欺负我的
坏孩子根三儿,见了我战战兢兢
我成了班里男生的挂帅首领


第二天醒了,背着书包上学去
我们班男生首领,还是荣均亭

# 几道关口

东关，那里竖着一个好大的牌楼
南关，进某某街，走某某街
是我姐夫和他父母兄弟全家
西关，九龙鼎被十层楼高的圆柱
直溜溜举起，让人想到
"力拔山兮气盖世"的项羽
北关，紧挨初中同学寇铜安家门

他家门外曾经是
一个拥塞不通的集市
卖锅碗瓢盆的、搓板菜刀的
堆在巷口，摊了一地
隋末唐初时候，大名鼎鼎的
王世充率兵紧紧地把守这里

却不料帽子上扎着野鸡翎的

李世民攻打甚急，喘着粗气

# 中州路

我要从东到西，把中州路上的建筑
都数一遍。孔子入周问礼处
商贸大厦真不同饭店洛师一附小
和西关九龙鼎洛阳三中
那么多，数得过来吗

我要把中州路上的大楼和历代古迹
都描绘出来，建筑设计研究院
百货大楼新华书店，人民银行
王城公园，涧河边清朝皇帝的题诗
还是算了，这些物件，我不说洛阳人民
也熟悉；说了外地人仍旧看不真切

我陪着朋友参观了铜加工厂轴承厂

赫赫有名的中国一拖集团。中州路
能够辐射到关林龙门汉魏故城
杜甫故里伯夷叔齐墓少林寺等
无数个故事人物。它们被今天无知
的人们叫作景点。我的朋友
对洛阳知道得比我还多

中州路上走着七十年前的洛阳人
中州路上走着七十年后的洛阳人

# 涧西人在老城人面前的优越感

老城人老门老户多，老城人
讲话土，不乏引车卖浆之徒

涧西人斜斜眼角说，我在
某某厂上班，总之必定是
"十大厂矿"之一

多数涧西人的工资比较有保障
住房是单位福利，自己用不着忙
当然现在一部分老城人像火上房
一样"噌"地富起来了，现在有的

涧西人则会夸耀："涧西平均
多少人一台电脑。老城多少?"

涧西人中间有五几年迁来支援内地的

上海人四川人东北人。但凡这时候

老城人很恭敬地听，不出声音。孩子

高考升学率比起涧西人来更闹心


涧西的 GDP 科技含量高，"涧西某某

科研所，专门研制空对空导弹

让布什都睡不安稳"。一句话，好像

就把老城划入了第三世界。但老城人


的自信永远是涧西人啧啧无奈的

"你说的造火箭离现在没多远

不过是宋朝的事。" 言外之意是——

无论宋朝汉朝，都没涧西什么事

# 中国一拖

地球人都知道洛阳的中国一拖

拖拉机作用巨大意义重大
拖拉机甚至可以称得上伟大
你信吗？每五分钟生产一台
年产两万五千台。五十年一百二十五万台
全中国哪个省都有全世界
哪个洲都有，够国际主义的吧
所以洛阳人有时候骄傲一下
也不无理由

几万名工人忙了半个世纪
哪个不是上班精神抖擞
下班一身汗两手油泥。他们

望着一眼望不到边的厂区
望着农民兄弟的笑容悄悄朝自己
竖一下大拇指完全可以理解

你可以自诩智力水平
超过计算机，可以说老工业基地
应该多种经营多项目开发避免
产品单一，否则会被时代抛弃

你聪明你有才干你能算出几十年来
拖拉机淘汰率。但是你算算这
百多万台拖拉机几十年耕了多少地
种了多少小麦多少玉米，这些粮食
做了几锅饭盛了多少碗，它们产生了
多少热量？洛阳中国一拖的
工人带家属三十万人都没算出来

张建洛的爱人王杰就在拖厂工作
她很久没提"拖厂是副省级企业"了
她现在爱说的是
"我们厂有好几位工程院院士"

# 安乐窝的安乐

刘备的儿子刘禅不争气啊
让魏国灭了，封个安乐公
他非但不哭，还笑，这不是
叫别人哭笑不得吗？

无可争辩，"还是洛阳好"
乐不思蜀的故事在很多地方
都可以发生，它偏偏在这儿发生

邵雍邵夫子，宋朝人，就喜欢这儿
自盖茅舍，雅号"安乐窝"
古往今来诗人，数他写洛阳诗最多

我第一次来此，便遇见

邵夫子的后人，安乐镇的农民。缘分
他们知道司马光、吕不韦、吕公著吗？
算了，何必那么认真？


我开玩笑：先生要在今天隐居
会不会买机票到北京、到外国去隐？
谁知道哩！假如他的心脏没事
假如他的血压很稳——


先人仁慈啊
而我们是多么残忍

# 团结在"洛阳水席"周围

洛阳水席从不排斥"春都火腿肠"
三明治肯德基汉堡包比萨饼
食不厌精,"真不同饭店"门前
车水马龙,李準题匾,水席排开
在中原数省,与"满汉全席"齐名

洛阳诗人,从不慢待别处的诗人
李余良、殷皓、艺辛、方斌
朱怀金打开他随车带来的杜康
我完全忘记了夫人的教导,连干
几杯。说坏了坏了,坏了金身

洛阳的小并不嫉妒北京的大
不眼气她每天都听很多好听话

北京建都几百年，而洛阳几千年

就像一个老同志不会嫉妒

一个新同志，只会帮助他

搞起工作来，两手一块抓

# 洛阳唐三彩

三彩马只能诞生在一流的时代
三彩马义无反顾地选择了唐朝
于雄风鼓荡的火里取得灵感，三彩马
像一支有组织的军队，由钢铁之师
成就艺术之美，分流成散兵游勇
趁着和平年景来到寻常百姓家

一千度的火，一千次冲动
之后被冷却的爱
红黄绿的开片，在夜里，我耳旁
听见极轻微的开裂声。布封说
马是世间最高贵的动物
没有谁能够驾驭你，你是你
自己的主人，三彩马

我不喜欢三彩马一样

排排并辔而行的宫殿围墙的

红黄绿色琉璃瓦，很整齐，样子很傻

# 东关下坡一拐弯儿

"孔子入周问礼乐至此"
的石碑前，仁卯兄为我拍照

我施礼——作揖，旁边吮手指的
小孩笑嘻嘻。礼乐，是大人物的事
咱们贩夫走卒继续往前走

民俗博物馆，苏东坡欣然题过字
影壁墙后面是个很大的戏台
正殿，高台阶的厢房，西跨院
繁花绿树你争我抢地开

楹联、对联、牌匾，子曰诗云或
之乎者也，灰黄的砖瓦长了青苔

石磨、马车、犁、耙，应有尽有

后面羞答答藏着小姐的绣楼

刚刚抛过那只色眯眯的绣球


后殿正上演泥塑的美景良辰

让娶不上老婆的男性幸福得直晕

二十一世纪的普通人

尽可以把太太当作相府千金

来待，来养，来温存

只要衣食无忧，便可相敬如宾

# 写洛阳的诗谁写得最好？

我这一招真够阴毒的——
几百、上千年后
指着人家的脊背说三道四

不同时代、不同年龄段、不同
趣味的读者会选择不同的作品

比如，"关关雎鸠，在河之洲"
河是洛河；雎鸠肯定也是只好鸟
汉乐府中写洛阳的作品四篇
《古诗十九首》里的《驱车上东门》
因为水平有限，作者不敢署名呢

曹植有"步登北邙阪，遥望洛阳山"

鲍照的"洛阳名工铸为金博山

千斫复万镂，上刻秦女携手仙"

"金博山"挺好，整首诗可惜

写美人迟暮，爱人情变太心酸


"共道牡丹时，相随买花去"，轻软

"洛阳城里见秋风，欲作家书意万重"

意绪万端。我想起曹操

看到战火燃尽人烟少

"瞻彼洛阳郭，微子为哀伤"

他杀人是真的，哀伤也是真的


还是"谁家玉笛暗飞声"轻盈

才能"散入春风满洛城"，雍容

还是"唯有牡丹真国色"；叫人服

纯到极致，才"一片冰心在玉壶"


首推苏东坡"洛阳古多士，

风俗犹尔雅"；再论邵夫子的

"吾生独何幸，卧看洛阳春"

史学家司马光的教导不可不听
"若问古今兴废事，
请君只看洛阳城。"
一字千金，一语道破，一言九鼎
洛阳人民都欢迎

宋朝之后写洛阳的诗歌
逐渐少了，几乎没了——
洛阳当国都当累了，烦了
没情绪了，让给别处去当了

# 我是大头

大头大头，下雨不愁。人家打伞，他有大头。

　　　　　　　　　　　　——民谣


小伙伴们说谁？我左右
看看，也许是骂我呢


双手捂耳朵。怕因为挨骂
脑袋就长得更大


一位同学铅笔刀丢了
我的胸口"扑通扑通"地跳
直到她在桌子腿旁边找见


"你脸红个啥，大头？"

大头就是傻瓜。我拎拎领口

我怕狗，遇上它们绕着走
狗虽然通人性，但是
它不讲道理，只汪汪叫
即使它捅了娄子惹了祸
也不受老师家长批评

成人以后，不怕狗了
我的拳头晃晃，比狗的鼻子大
它大约也怕我咬它

但是对不讲理的人呢？
错了不认账，错了比对了更潇洒
我还是拿他没办法

# 我的母亲

1964 年，母亲带着我和姐姐妹妹
来到洛阳。洛阳不怎么样啊
要不是你爸，咱们怎么肯到这地方

我的普通话，被同学称作小侉子
在沧州时候，老保姆河东奶奶做饭
妈妈下班不用忙，我们也不排队吃食堂

"文革"来了，怕父亲挨打，每天夜晚
妈妈陪着他受批判。我听见她喃喃自语
假如还在河北，也许会温和一点？

我和姐姐妹妹一天天在长高
终于母亲要抬起头看我们了

从此她再没说过洛阳不好

母亲做了一辈子妇产科医生
在洛阳，孩子们叫她
"说普通话的北京奶奶"

去年她来北京，邻居小丫叫她
"洛阳奶奶"，她摸着小丫的头
答应得爽快："哎！真乖!"

# 高子君讲的故事

我的外甥高子君讲故事
讲的是他座位前面的同学的事
刚进小学第一天上午就出丑
第一节课刚开始就要上厕所

（慈善的老师当即准许）

第二天第一节他又举手
手没敢举太高，老师起初没看见
他在凳子上扭来扭去好难受

（老师虽不痛快，还是准了
同学笑得眼泪鼻涕一起流）

第三天他举手时老师勃然大怒

认为故意捣乱。他狂奔出去

回到教室，一边哭泣一边解释


（幼儿园时，其实就是上个学期

每天八点半，游戏室墙边摆满痰盂）


老师拿几朵小红花，号召大家

"听话的小朋友要马上大便

拉不出来的也要蹲在那里不许站"

所以他养成了每天这时候内急的习惯


（这个同学学习不错，就是自卑一点

小学六年，课堂讨论从不发言）

# 种牡丹，写牡丹

隋朝时候，洛阳牡丹的名气
就已经响当当了。往后
一批一批的雅士名流都说好

究竟牡丹开花过程如何
成色怎样，我在市博物馆三楼
王绣女士笔下，看个清清楚楚

文人墨客前仆后继写牡丹，特认真
却总也描摹不尽牡丹的神韵
所以我们也写，我们的子孙后代
还要接着写，对锦绣文章悬赏重金

洛阳的牡丹有牡丹的极品

黑牡丹开了，绿牡丹来了
每年都给我们送上新的惊喜

历来观花有空巷之说
阳春时节洛城如堵
世界各地的口音在花海中漂浮

洛阳牡丹不仅好，还多呢
种植面积七千亩
全市六百多万人民都笑了
一千万株牡丹，正好每个人的
左面一株，右面一株

# 邙山好

邙山好

雨后，常有农人背着铁锹——

不是"洛阳铲"，在山上转悠。说不准

哪片土"砰"地塌陷，一只汉罐或

一匹唐三彩马的马腿，就被踢上地面来

一次重大的考古发现就被

踢上地面——小时候我就听说过

邙山好

"北邙山头少闲土，尽是洛阳人旧墓"

"生在苏杭，葬在北邙"是很多人的

人生理想。从古到今，他们

从容地或迫不及待在这里倒毙

带着荣耀或罪过、壮烈或耻辱

带着完成与未竟的心愿


他们并排，或头顶着别人脚跟

做着春秋大梦；或者交错

两副骨架完成一个"×"

骨骸枕藉比篱笆还密，层层山峦


帝王、乞丐、士大夫，统统平等

保持着他们笔挺或弯曲的姿态

无论精神还是物质，都归于泥土

邙山好，邙山就这样堆积而成


邙山好

我中学时参加邙山的

秋收劳动，我姐姐是那里的下乡青年

转眼几十年，我在邙山流下过

四十九岁的泪水涟涟

父亲去年已安眠，母亲在旁边

预留了很小的一个空间

# 部首与偏旁

小学一年级，开始学汉字
就学偏旁和部首。三年级
"文革"了停课了，谁还管它
偏旁怎么偏，部首怎么首

父亲逼我在家描红，字越描越丑
我想去刘少伟家玩，街上正在
闹武斗。我在窗前翻着眼皮看天
想着偏旁，想着部首，想着古时候

皇宫是部首，宝座是部首
大臣们是偏旁
金冠是部首，脑袋是部首
做了偏旁的是两个肩膀

洛阳曾经号称武则天的东都
和西安齐名，偏旁全天下
《两都赋》之后颂诗千万章

十多年后我抱着《说文解字》
到了北京的定福庄，陌生
紧张，规章制度我使劲表现优良
没什么对不住我，也没特别歧视
克扣我的粮饷。可有时我想

故乡，就像一只大瓦罐
被离别摔碎，装在一个小瓦罐
——我的记忆里。"洛阳"——
这从没有要求过我什么的地方
这么多年了，我对你的"谢"字
刚刚说出了一个"言"字旁

# 白居易，白园

白居易晚年定居洛阳
其乐悠悠，同元稹刘禹锡
唱和击壤，相伴伊水静静流淌

望，锦绣皇都；踏，曲径回廊
至今一千多年时光。我被他
当作一个逗号用进唐诗里去
也是一种福分啊，他的
《琵琶行》被刻上一块石头
我一摸，音乐冰凉

他平实朴素，渐渐被参观者
打磨成地道的洛阳人模样

# "千唐志斋" 赵跟喜

我的朋友赵跟喜，在"千唐志斋"
蛰居，洛阳城西四十多公里

两千多年前，老子李聃，就是
从这儿骑青牛入函谷关
建立博大精深的道家体系

赵跟喜，作协会员、博物馆员
二十载春秋在铁门镇面壁
守护那一千块唐代墓志
半部《唐史》因此鲜活无比

典型的名士风度——不愿出名
眯着眼，对世界多少含着点嘲弄

多数人学了一点小小的本领

立马想到大城市去充英雄

却不懂自己适合种哪种庄稼


赵跟喜谈笑间，政要名流淡如水

关系近的朋友才带到家里喝点小酒

"老规矩，敬三杯，主家陪一杯"

下酒菜就用河洛地区的民俗文化


他很忙，窑洞内外，学界上下

他写的那本诗集《竹篱笆》

挂满了泥土味扑鼻的山野花

# 阳光老男孩

四十多年前李清联
写工厂题材诗歌出名了
之后他忽然不会写了
——只歌颂不思考哪行？

他的身子骨和大脑忽然都出了
车祸了。怎么办？在洛阳
这个地方还能"写不出东西"？

六七十了，李清联又重新
喜欢看蚂蚁上树了，学会
跳街舞了引来观众和警察了

他重新看天，下雨了；蹬起

破自行车记起"骑驴入剑门"了
他南方北方不停采风，老朋友们
说清联这些年你藏到哪儿去了
清联答：在家孵恐龙蛋呢

头发一寸寸地白，心却鲜活
跟生活扎堆儿诗意多多
屠岸先生来信了，香港版的
《李清联世纪诗选》出版了

李清联在互联网上的个人主页
经常更新经常满满的。诗歌界
的大腕、中年写手和小作者
谁不知道"阳光老男孩"呀
花白头发的洛阳男士全都年轻了

# 围棋国手周鹤洋

围棋国手周鹤洋，名扬四方
大家一致认为，战争年代
一定会出将入相

洛阳古来兵家必争之地
战火腾空，紫气萦绕
三百年一个，五百年一个的
天才比比皆是

这回是机车工厂风华小区
接着了地气，尽管周鹤洋父亲
只是工厂里的汽车司机

周鹤洋八岁学棋，十一岁进国家队

有时白天执黑先行；有时
夜晚执白后走。他用的棋子
早先像纽扣，后来像烧饼那么大
所以就得了一大堆冠军头衔

他的手法，或者说刀法娴熟
对曹薰铉、李昌镐不断挑起事端
依田纪基，能斩就斩
棋型漂亮，姿态优雅，气定神闲
围棋真的是文备武兼

我们说胸中一片锦绣
我们说世界气象万千
没准三代五代，又一位英雄人物
到我家投胎，降落人间

# 小说大师阎连科

连科出生的时候村庄睡着
连科离开家乡的时候村庄醒着
多少年来没人叫她土气的名字
她自己的娃子在远处呼唤

多少寒暑她湮没于尘土
文字已经被城市榨干
连科手握着笔管泪水涟涟

生活就是"受活"
历史就是"日光流年"
一页一页从后往前翻
你想知道答案，借你个胆

# 到北京一个很大的楼里去见张海

我不说在郑州工作时
我们办公室斜对着门
张海的屋里飘着墨香

我不说我和张海，都来自
洛阳，但张海和明末清初的
王铎前辈，两个县接壤

我不说中国书家中间
张海的字是最好的

然而肯定，张海是
汉字书家里官最大的
官职大，没有家乡大

我不说有求于他，但我
请他"指教"的一沓诗稿
有大片的留白

那"不愿指教"我的人
是何等聪慧？拙著
《洛水之阳》的书名题字
正是张海

# 洛阳人中的一支到了福建

洛阳是块风水宝地，八千年前
仰韶人就生存繁衍在河洛地区
"人根之祖，人文之祖"
现在的洛阳籍人口，大约一亿——

牛皮吹大了？不，几千年来
历史上每一次人口大迁徙
几乎都有洛阳人参与

西晋末年永嘉之乱，中原南渡
人口九十万；李白说，安史之乱
"天下衣冠士庶，避地东吴"

唐末、宋末以及明清，河洛人迁往

辽东半岛、松花江流域、朔方
山西陕西、江淮岭南，许多客家人
现在仍然以"河洛郎"自居


泉州的洛阳桥，温软的"河洛语"
厦门的鸢尾花，朴素的惠安女
《双桅船》帆挂满美丽的诗句


——这中间有不少舒婷的诗啊
咱们今天不谈舒婷，不然
别人会以为咱洛阳人上赶着
和女诗人攀亲戚

# 下卷

## 2018 年

# 洛河水

我宁愿相信你从"天上来"
不是李白的诗句。虽然这样
说话，我和他犯了同样的错误

我宁愿相信是泥土的意愿
海拔高的物质平衡较低的物质
不为美感。水的激荡，水滴
下坠，渗透，文字只是一堆衍生物

水对土地的滋养并非有意
物质的融汇亦非合谋。将必然性
拿来，当作偶然性出演。诗
如果不是诗，其实并不严重

生命借助一个腔体——母腹
来到世间。水，碳水化合物
举着一面旗子，于诸多否定中
落子为一个肯定。要在时光中
写下什么？这些，以前人们
为什么不愿说出——这痛苦

这文人的痛苦其实无关宏旨

典章，非如此不可的典章
其实只是另一页典章的改道
天下概莫能外——此言
多少偏离了我作为一个
有温度的生命体的话语的
伦理。我的脉管中涌流

洛河水，你就是这样抱紧了
这块土地。万物滋长，嘉禾
丰美而时光贫瘠。宽容了
我笨拙的歌唱甚至曲解
纵容了我的亲近和远离

# 卢舍那大佛看到什么

无外乎山川田畴，无外乎
物产，粮食和蔬菜在世代的
脉管里穿梭

一个人披着周公旦的衣衫
——名号，划分井田成为方格
礼、乐顺势而为，从自然法
推演至道德法，伪称星盘

一些人成为王公，一些风餐露宿
也许来世钟鼎玉食，也许刍狗
时间顺流而下，万丈琼楼或
灰飞烟灭。人们的欲火，虚火

皇帝煞有介事，常常不苟言笑
宠臣起早贪黑，抄袭旧章。学者
缝缝补补，与他们鄙夷的人同类
治国，牧民。圣主，僭主
连做坏事都做得毫无创意
只有几首诗篇还勉强凑合
点缀岁月，不知累坏多少李白
杜甫的思想。相传，相悖

阴阳正负，拈花一笑间。据说
只是一枚芯片万分之一的容量

# 唐僧把马停在这个地方

唐僧把马停在这个地方
这地方在宫廷与民间
接合部位置，相互蚕食其边界

唐僧把马停在这个地方就
不走了。驻留。开始誊抄经文
欣然接受紫金钵盂里
圣上御弟的名号。讲学
弘扬佛法。九九八十一难故事
励志。他妙相庄严，不打诳语
他手一挥，僧俗劲舞不消歇

真懂释迦的是那匹白马
它头部的那只音箱，梵音缭绕

马尾拂尘，荡涤凡间浊气
它把一具石头的躯壳留放此处
无言的密语在世纪里漂

佛光洞彻一些人，点燃一些人
是玄奘成就了三藏
成就我等似寐似醒的信仰

# 一位历史学家的假设

光武帝是明主还是昏君

明当如何？昏又如何？

真理还不是在等待朱批

雒阳，城池壮也壮了观了

巍也巍了峨了。GDP

拔得世界头筹——

光武帝得意，其他都不用费心思


出城狩猎。什么虎豹豺狼

统统到我箭下听令。弓弦

就是弓弦，这么拉是武器

换换把位就是乐器


王道乐土。美味美色，互为佐料

皇帝春心漾漾，天色就只好暧昧


雒阳默不作声凤楼龙阙，臣民躬身
朗诵"永延帝祚"啧啧有声
伟大创造将在销魂的宠幸中完成
不料，城门侯郐恽胆子忒肥了
大呼皇上有令夜间禁止通行
城头不能举火，中东门也锁钥不开
队伍只好在城外草草扎营


大内，何谓大内？君主卧榻
眼见爱妃感染风寒，月事提前
另一位迎风流泪，咳嗽连连


翌日早朝，两位门侯被诛灭九族

# 住在金谷园后面的大官

我在键盘上搜求"大官"
电脑词组里没有。现代科技这厮
真小家子气，少见世面

只有"大关"。多大才算？
小时候书上有平型关、娄山关
只有"大观"。莫非洋洋乎——
还"洋洋"上了？待我净手后
去请字典。"大管"是个
什么东西？兴许是"大管家"
落下了一个字。最重要的字
国家的"家"，以国为家啊

"达官"常和"贵人"并肩一起

带贬义，别和公仆之类
扯上关系。"达观"很正派
中学时我就学过，离婚不要怕
杀头不要怕。我今年六十多了
还怕困难吗？金谷园炫？

石崇早晚得让纪委捉将去
至于那些高矮胖瘦的"小三"
趁日头还高就给了整容店预付款

# 洛师一附小

在这门前我看到儿时的我
转身，向今天的我招手

这招手，招得我心里
好温暖，招得我好心酸
招得我看见多年后的自己
招得我看不清今天的世界

我收回手，可是扬起的
手臂放不下来。招手时我
看见那么多同学回应
有男有女，是课间的活泼状态
那时男女生之间相互
是不说话的，更不能递字条

我招手看见那么多的我自己

或者考试很好，或者考糟了

我抬头望着老师，自信或愧疚

局促地搓着手，又拽拽衣角

我多想再说一遍"谢谢您"

希望您听到，辨别出学生的声音


我看见第一天上学

妈妈送我进校门然后离去的背影


我多想得了奖状之后妈妈

来接我一次。可是那一天

那一天我至今没等到

# 周公庙

千古一人。除了他谁配担当此语

让仲尼先做书童，再为他的
典章制度注脚。西周由此敬尊天命

他博学恰闻，得知大地方方正正
宇宙垂范，人间只能微缩仿制
洛阳天下之中，伊、涧、瀍、洛
四水流贯，沃土丰腴。殷纣既亡
于是乎王宫重檐百里起巍峨

王者，大宗，小宗。他不嫌麻烦
修明道德，连诸侯觐见时的站位
礼仪都设计妥帖。乐曲乐器

严格挑选，务使无缺、无误
丝竹管弦一阵紧忙乎

青铜九鼎列之宗庙，那些
殷朝余孽、本族僭越者挥鞭剪灭
威加海内兮，成就旷世之善果
忠勇谋略载誉千秋

他的横平竖直的井田制
他的吉兆频频的占卜灵验
龟骨裂出的纹路恰到好处
竹简捆扎着秩序与方略
然后，还政于成王，假寐
他梦见三千年后一介书生

冲向一个武装到牙齿的
宏大战阵，被杀得寸骨无存

# 后人比拟

儿时玩伴已爷爷奶奶外公外婆的
岁数，聚会，孙辈绕膝
教师出身的李姐手捧《海底两万里》

男孩说长大了我当潜艇，和鲸鱼
鲨鱼比赛吃饭。女孩说我要和
电视里的姐姐一样唱歌好听

那姐姐舞台上崴脚我拍下来了
"敢坏我偶像，我变成《王者荣耀》
里的'解放军'瞄准你后脑勺"

我当手机，拍摄出很多零食和
玩具。我做鼠标，"嗖嗖嗖"

把俺们小二班的霸王龙扎成刺猬

"我坐在霍金椅子上，把世界
看得透亮，躲猫猫谁都跑不了"
我做按钮。一按，你们全停电

# 向上海叔叔学习

后来我写过一些羞涩的情诗

后来我知道煮元宵

是一件美好的事。后来

太太的身子不方便了

我陪她散步，遇见熟人

脸上隐隐发热，渐渐镇定如初


后来我喜欢让儿子

光着小脚站我手掌上

我牵着他的手一歪一扭地

学步，走向幼儿园

一天放学后他忽然提问

爸爸，你和妈妈怎么生的我？

后来我说："有些尖端事物

实在复杂。这些情况呢

现在告诉你也不懂

等你长大，不用问就知道了。"


他听了狐疑地眨巴眨巴眼不高兴

谢谢他，后来儿子果然不再问

# 因为关伯良，喜欢乒乓球

我喜欢乒乓球，就在那时
落下了病根。逢赛必看
起先是收听广播，看报纸
后来电视根据我的需要
开始转播、直播了

怪不得刘国梁抽球的姿势
看着有三分熟悉，七分亲切
外国人不管怎么打他，结果总是
被他打。那个胖子绝对够意思

我拼命鼓掌，就像我的同桌
拿了世界冠军一样

其实，比赛总要有冠军

我曾经想啊，我拼命想

为什么不能产生并列亚军呢

把冠军留给关伯良

# 菜场，在老集

我又经过这里，经过一种
麻绳般的搓了又搓的口音
熟悉与陌生不停交换镜头

挎塑料袋买菜的老太太
提醒我——我也是爷爷辈分了
年轻人时兴的是外卖
手指一点，世界拥来为我所用

自从开始写作，我就
学会同时成为另一个自己
看见自己的笨拙、前言不搭
后语的话语，我因为自己
栽的跟头而笑出声来

我对别人多了些宽容
包括昔日的自己。毕竟我

也是个常常弄巧成拙的家伙
偶尔想耍小聪明时
先在内心嘲弄自己一番

我看见少年时的我
在曾经和我同路的人中间

毗邻而居，几近于相依为命
平时各忙各的，互不张望
也不打听。他们和我
有着相似的欢喜与忧伤

# 在司马懿坟前应该说点大事

比如，说司马懿的狡诈

五丈原之战，诸葛亮把
女人的衣服都送到阵前
百般羞辱。大将军一笑，把
胡子都吹飘了起来，就是不出战

比如，说司马懿的智慧
你以为空城计他识不破？错

他眼神刁得很哩——背后多少
曹家夏侯家的老虎豹子憋着劲
待他斩了孔明，就兔死狗烹

还有这九朝古都，青琐丹墀
上台面的事，也就仨核桃俩枣
史官只好对着月亮喝闲酒

那群不思进取的皇上大臣
乌泱乌泱的，除了椒粉涂壁
自己都不晓得自己忙什么

神态庄重地把芝麻小事
当成天大的事搞，"搞"事
高手。没事也搞得像模像样的

# 印象中的三个词，又三个词

钻尖：钻牛角尖的，奇葩，不通变

可恶的甚至有时带昵称性质的

二蛋：男性下身之物。用下半身思维

性格暴躁、遇事冲动不计后果的

二糊：迷迷糊糊傻不拉几，常常

把事情办糟的人，憨态可掬不招人恨

然印象入脑入髓的是以下三味

圪料——乍听"阁僚"，重臣啊

一种熔岩冷却后的块状物

拳头大小，捣捶不烂。散布在

近郊田地。引申义：不容于环境

有性格。对照软绵绵欲言又止

见风使舵、尸位素餐的官员

109

说"圪料"真是抬举了他们


肾亏——其义自明。源于房劳过度
三宫六院，七十二妃。想节欲固本
怕是也难。忙得御医们汗水涔涔
引申为普通人做了亏心事
存有愧意。还是小民有德啊


校炮——官军试炮，名曰"校炮"
用死囚做炮靶，炸个血肉横飞
即唤"校炮贼"是也。因杀死老虎
被处决者应属于"校炮贼"一类

110

# 祭祀父亲

我愿用旧时的礼俗投地跪拜

父亲啊，这十多年我对你
充满愧意。我平常记不起你

"十月一，送寒衣"
北京的十字路口不让烧纸
你说过"我是唯物主义者"

父亲，姐姐还像以前那般
家里大事小事都管；大妹妹
不改勤劳，总把刚打扫过的
屋子再打扫一遍。你最不待见的
小妹——当年你和我常把她从

同龄伙伴的人堆中拽回来
怕她被骗成为问题少女

你知道你病重的几年
她没日没夜侍奉医院

我唯一尽孝的是，给父母、姐姐
妹妹与自己买了塔陵同区位的冥位
我相信于今你和妈妈也都安好
小妹离婚了将来你别怕她孤单
全家人紧挨着不至于惨淡凄冷

我的墓地你和妈妈低头就能看见
你们会看到我在那里睡得宁祥

# 清白是个可疑的词汇

清白曾让我不堪重负
我天生一个泥人，还有
千沟万壑藏污纳垢的大脑
清白是极限，是自我的空

欲望多多，关乎情，关乎财富
贫穷像竹签，穿了财富的烤肉
吱吱地响。木船只容一人
把同伴顶掉还是自己跳？
偷了钱，又悄悄放回别人的衣袋
偷换概念如荆冠换取桂冠
幸好这类事没发生在我身上

它们真来了我选择进还是退？

圆满还是破裂？体面或羞辱？

所以忏悔，所以自省、思过
但死亡怎能赎回自己一生？
就像莎士比亚的主人公
清白，当只剩一副骨架时候
化一缕青烟。惜乎青烟不白

清白可疑。怀疑清白同样可疑

# 董卓进洛阳是想当皇帝的

起先董卓跃马进城时
身后的大纛甚是醒目
这次入阁拜相的光景到了
他说勤王，要把下面不长东西的
宦官净身彻底，帝光重照帝都

踢踏在官道上，他越发觉得
帝光是从自己身上发出的
起初是身上痒，然后心痒痒
人有多大胆，地有多大产
若再不顺应天意，必遭天谴

这事在各代蟊贼身上也
反复上演。喽啰多了，便要去

清别家的君侧，拥戴幼主
然后粉墨登基，名曰："宁有种乎？"
其实有种也无一例外是杂种

于是奉先叛变，于是貂蝉不知所踪
于是我想起大学同窗一段话

"儿时在我家门洞，望着外面
漫山遍野的庄稼。我每天想
长大以后当皇帝，娶很多老婆"

邻居女孩，总梦想着要嫁给他

# 又见洛水

这水已不是当年的水

我眼中的火也不再是当年的炽热

有人开沟，有人抱柱

水往前走，激浪或低旋

把以往的繁华血腥冲淡不少

这水已不是早先的沁凉

从我的胸腔进入群体与散落

那簇经幡，色盲辨别不清，亦无闲情

那令牌打脸，脸已经消肿

从念诵来的沐浴也是阳光的沐浴

饮水而溺，留下黏稠的血泊

从征伐来的屠戮也是人性的屠戮

如果不是行得够久，几人回望家乡

行囊过重，恍惚其途

相向、逆向的旅程，罗盘与机翼

是沙漠、无助、绝望成就了你我

洛水，你的出身，和光阴

相互成全、相互虐杀的部族

过于宠爱这片土地，但爱得不够


洛水，我祭拜父母之后才祭拜祖母

我见了你石滩上翻晒的河图洛书

# 杨二郎

黎明的洛阳老城
杨二爷扫大街，嘴里
咿呀呀唱。伴奏的
是他的跛脚，如敲小鼓

扫帚抡得圆，分外仔细
就像在打扫舞台一样
斜了身子，扫把一个反转
亮相。好似战场上的杨家枪
把那早起去买菜的少年
吓得败阵一般逃走

标准豫剧，板眼分明
挑高音时压低嗓门

之后咳咳，跟自己说

"很抱歉我倒仓了。呵呵"


哎呀呀，杨宗保帐下听令

寇准背靴你要倒着背

八千岁的王袍摆又摆

后面的小厮从哪里来？


我为谁笑傲沙场白发苍苍？

来将通名。敢犯我疆土

看枪！躲到幕后也没用

当年常香玉马金凤和我配戏

罢了，罢了。抒抒假想的髯口

念白之后，大戏散场。他去

给他的病痨太太买一杯豆浆

# 紧要部位

隋朝生死的一道关口
对于唐朝何尝不是？
封杀或成就二人，历史
在此另起一行。引出
玄武门之变及贞观之治
及武媚娘的上下其手


首次任期是特朗普的关口
景阳冈上武松的关口是虎口


我求学。入职。评职称
安检。经过红绿灯
在医院走廊的担架车上过夜
人类解决不了自己的问题

那指着希望的手指骨节粗大

掌声。哭声。读书声欢呼声

天堂的入口。下水道的弯头

# 中州路：直行；转向

交警。中州路街心岛上。英姿挺拔
手势：直行，转向，减速，靠边停

直行，向东是东关，向东是
商城郑州，开封——以前叫汴京
他指尖朝西，王城公园、谷水街方向
向西西安、咸阳。兵马俑眼睛红肿
也许转弯，就在几十米外的路口

向东而北，殷墟安阳，龟背牛胛骨
北京祈年殿；向东而南
南京中华门，杭州西湖楼外楼
中小学生的三角尺，连接两点
的直线，或地面与卫星的夹角

一部中国史试卷，徐徐展开

通往中亚，纠缠舌头的地名

莫斯科，伦敦巴黎，悉尼歌剧院的

贝壳。百万华裔聚居的加利福尼亚

学业，护照，海关。谋生之路的

导航与驾驶。人伦和道德

法律，安全，界限。都躲不过

一场让人夹紧双腿的交规考试

# 打瞌睡的优越感

咱们把全世界的人排成一队
高个子在矮个子面前
总有那么一点优越感

但是个子最矮的那位说
还有比我矮的，明天就出生

矮个子最喜欢的人，咱
举国外的例子吧，比如拿破仑
虽然画像比他本人帅得
过分了少许。虽然他不大习惯
圣赫勒拿岛的寂寞

还有法国路易十四——大名

鼎鼎的太阳王，刚好一米五
假如再高半厘米，他就逊色许多

比如你懂一簸箕知识，那边
还有箩筐呢。还有峡谷高山呢

天下的每一条道理，我们
都能找到十条道理来反驳它
当然，优越感就像一罐盐巴
你不吃它不行吃多了也不好受

咱们洛阳人都清楚这一点
我姐夫家住老城南关，拆迁
弟弟妹妹和他每人得款六十万
这钱，胜过一堆速效救心丸

# 不知道为什么想起了大象

不知道为什么想起了大象
——你说，我是属鼠的

你说小时候有一次被父亲
烂揍，被骂了"小赤佬"之后
暗下决心，长大了即使做坏事
也要做大的。比如接近
半个厂区大。一直到
成为研究材料科学的博士

耐热，抗压，电解，系数
我是一拖的子弟，至今十八载
知道勋章会生锈，荣誉有保值期
也知道大象老了之后，会独自

流泪离开，以免成为群体的负担
去面对饥饿、危险与孤寂

中国一拖就像那匹大象
举首望远，难免些许迷离
虽然这比喻并不妥当。时间的
高压锅释放出蒸汽，揭盖
里面跳出马云、王健林等
收割新一茬的秋天。而
千万台拖拉机突突冒着黑烟
远去，从地平线上消失

中国一拖这些年很少在
央视新闻、报纸头条露面了
农用车，电动车，以及
被家庭主妇们挑来拣去的
这个那个生活用具

一拖的声音低了许多。那天
他去接下班的父亲，看见
夕阳镀金，一位老去的英雄

# 安乐窝不安乐

思蜀的脑袋只能搬家。只能

塞进腋窝里。阿斗的弱者智慧
与司马家会心对视一下
脱口而出这千古名句

"此间乐,不思蜀"啊
千年的杀伐攻略,帝都的
累累白骨。宫殿又怎么样
塌了;珠宝如何?烧了
老子——我说的是老聃
沿着洛河西出函谷关了
青牛驮着道德遁世
董卓且鸣金要退回凉州

孔明，那一等一透亮的人

《诫子书》写得明明白白

免了功败垂成，耕读传家吧

前面的皇帝总被后面的皇帝砍了头


安乐窝里的刘禅把自己

变成一个胃，装珍馐，装美酒

可惜美人也没以往滋润了

隐藏最深的是玉玺，像一截盲肠

# 洛阳水席的况味

更多营养，更好的口感
在往洛阳水席流。你翻翻
"真不同"的老账就知道了

必然性。早时候清汤寡水
糊弄肚子，不过这家厨师
往汤里多撒一把芫荽，多滴
几滴油。客人常来，就像
苏炳添每步比别人多跑一毫米
到终点他的鞋带就系上了金牌

水，菜，手艺，佐料，汤盆周边
添几个小碟凉拌。年景好些
又加置了中八件，压桌的鱼肉

一直到二十四道菜品，功德圆满
客人无不解颐开怀。和它并列
百载的名吃糕点，连同那祖传的
风味十足的吆喝，都成了陪衬

# 三彩马

千年前，一匹打着喷嚏的小马
懵懂地看着身边事物
吮乳，啃草，撒欢，遐想
不知天地之大。小马橙黄

一匹打着响鼻的骏马，昂首甩尾
雄性激素旺盛，渴望交配与功勋
往来驰骋。主人的奖掖润泽它的
绝世才情。铜铃金鞍，很多牙旗
排列在后。众人欢腾山呼海啸
晚霞给它披上艳红的锦缎

一天它冲进炉火。它要趁自己
身形劲健时进入和对抗燃烧

带着年轻的橙黄，和绿色大地

烈火中它洞悉了奔跑的秘密

从火中冲出。无视其他存在的它

卷走了时光和它自己

# 东关下坡一拐弯儿

这地方，可以是官道。王侯经过
百姓洒水扫街。当然皇上如果
睡意来临，往后便倒。跟班们

也能立马围起锦缎丝帐，跪下
用自己的后背排列成一张睡床

皇帝梦里逍遥，然而蓦然、忽然
他扭头侧视，似乎要瞧瞧臣子
对自己的忠诚程度。镜子里的他
却纹丝不动。他高枕无忧，他的
裤子却灌满了风进到院子里

太傅的头颅壶盖一样掀开

三万大军向敌酋的一个手势作战

将军频频从床上败下阵来

九朝古都，在十朝门槛前吹哨

叫了暂停。词语的不慎转向

导致历史今天姓刘，也许是"留"

明天姓周，也许是"走"。东关周边

的收成比楚国女子的腰肢还瘦


皇后太丑注定影响国运啊，满街的

女性捂住口鼻做东施效颦状

# 写洛阳的诗谁写得最好？

要想比较，还真的勉为其难

就像李白不愿和崔颢比
黄庭坚不肯挡在苏轼前面
司马光的辞藻不比他用来
砸水缸的那块石头；王安石的
《元日》与青苗法，不在
同一个评价的体系和标准

写洛阳的诗谁写得最好？
雕栏玉砌的工匠自然没资格
申报专利，牡丹在春天发力
青龙，白虎，朱雀，玄武
四灵神君无法拆分，缺一不可

至于洛阳纸贵，难道别处的纸
敢于擅自抬高物价吗？


最好的诗曾一度被推举为
阿谀声中的华盖玉辇
那是把君王当小孩子哄的


最好的诗记载过从洛阳出发的
军士们，亲眼看见小乔的
琴弦高处，周公瑾跌落尘土
记载过樊素、小蛮的白居易
谢世之后，司马长眠，大雪
覆盖的白园，依旧不倦地书写


《风入松》进入嵇康指尖
不眠的凌厉；韩娥婉转的喉嗓
阮籍与竹子相互增添又消减
洛水边，民妇借长安的月色
捣衣。孔子问礼的马车辚辚

童子戒尺陪伴的持续念诵

一直延续到宋元明清，民国
现在，洛阳旧八景，新八景
广厦千万间，当年寒士如今
称作工人、职员、干部、企业主
他们的身形混淆在韵脚里了

"平泉朝游"的喜鹊，已经
养成天天刷牙的习惯，唐宫路旁
一只血统纯良的猫做着早操

# 天下大头不老少

大头，不就是憨呆顽劣，较真
固执己见认死理，不懂权变
不妥协，不见棺材不掉泪的人吗？

史官董狐比较早，"某某弑君"
他的脖子比被挥起的刀子还硬
更早的当归比干，指叱纣王沉疴
当然叔叔骂侄子也无不妥

岳飞为老皇帝被新皇帝请上
风波亭。韩信，前方战事胶着
他向老大讨价还价。结果为一顶
"齐王"的帽子把脑袋丢了

苏轼戴斗笠吃荔枝，木屐在
海南的泥地上打拍子。贬迁


一个和尚以身饲虎，殉大道
勾践尝胆，复国而万世蒙羞
生猛的包括公车上书那位谁谁


我父亲当年把江竹筠那位姐姐
的故事向我讲了起码八百遍。可是


我怎么都学不会啊

# 母亲一直是对的

出生四十多天，我患剥脱性皮炎

母亲抱我从沧州赶到北京
又到天津儿童医院。大夫诊断
幸亏来得及时，不然孩子没命了

我患有先天性心脏病。又去挂号
护士问孩子多大？母亲说十二岁
十二岁零一个月的我挺挺胸脯答
十三了。我第一次看到母亲红了脸

一九六〇年，饿啊。老保姆河东奶奶
手背在后面递我一小块窝头，姐姐告状
奶奶辩白，陆先生只有这一个儿子

妈妈：四个孩子必须一样

一九六八年一天，红卫兵攻入
妇幼保健院。妈妈喊儿子快跑
逃走后那件事成为我一生的悔恨

妈妈老了，常说别给儿女添乱啊
她是在后半夜毫无征兆地去世的
我流的泪，淹没了以往五十年

# 我给高子君讲的故事

我说，你把我讲的这段话
转述给他。他就明白了

他的遭遇远远不算难以忍受

司马衷，好歹是皇上啊
天下大饥饿殍满地

他老人家奇怪："没饭吃
百姓为什么不吃肉粥呢?"
你说他是傻呢还是信息不对称

高子君懂了，"老师不了解情况"

光绪帝继位大典，不到四岁
被他的姨妈抱着接受百官朝贺


小孩子兴冲冲撒了一泡
圣旨一般的童子尿。可把
裤子湿漉漉的太后急坏了
"快了。快完了。"大清帝国
居然让这一泡尿冲得没了影


"是啊，上课举手去厕所
只是肾功能缺了一点风度。"

# 牡丹未开时节回洛阳

先看见的是牡丹女子医院
善哉，女子如花，四季春之所在

无非求子，给古城增加
一些园丁，挖土刨阳春

牡丹端庄，该妖娆的时候
也不遑多让。天生丽质
把武媚娘比得得了狂躁症

牡丹也会生病，美人恹恹的
牡丹的病要牡丹来治
治乳房肿块：丹皮 15 克，米糖
30 克，水煎服，一日 1 至 2 次

不孕症：丹皮 30 克，鸡内金 30 克

黑木耳 30 克，共研末，每服……

白血病：丹皮 12 克，金银花 20 克，

五倍子 12 克，煎服。云云。牡丹花叶

能监测污染大气的"光化学烟雾"

医圣张仲景的传人每年来这里

谈医论道，品尝牡丹饼


掰下冬日时光，收拾进

雪花般的宣纸。几瓣落英和药味

女画家们洒落的若干墨渍与红酒

# 邙山积雨云

望着邙山我双眼模糊
神经布控为思维的绊马索
父母在此入土为安，为不惊动
他们，我凄惶，摒弃理性。死亡
究竟虐杀了我们还是成全了我们？

你的宽大黑袍，酷刑还是新生的
胎衣？告诉我，我已接近你的
隐私，刨土和掩埋的锄头

叠加在邙山顶上，灵幡为谁哭
泪水多过洛河的流水。你的
积雨云像倒置的宝塔，谁更危险？

肉食者的饕餮与罪恶

乞食者的不幸与孽业

今日邙山，天际不偏不倚湛蓝


这是否意味着，他们都是

历史乐器上的同一根弦索

为无意击响的回溯者的痛点消炎？


我笃信每个人做过的事

从此不再消失。你尽管不屑

终有所报，无所畏惧者，我治愈不了的

肝肠寸断，你坚持狰狞的嘴脸


这邙山的积雨云，千百年

滋养万物的雨水，会催生什么

腐烂什么，你在准备与等待什么？


邙山——不问成败的坡地、归宿

焚化炉。它辨认骨头。邙山

雨露总洒向低矮蛰伏的草木

# 部首与偏旁

部首也并非总在重要位置

比如"中"，独体字

比如"华"，如果是繁体

——流行过几千年的哟——

没有偏旁，只有"草"顶在头上


书法中一个字的"主笔"

常常借助中锋立身，稳健厚重

《兰亭序》美名万古油亮


武则天想压压仓颉的风头

自创一个"曌"字

掸掸荡漾的裙边，啧啧

很是显摆了一阵子

"明"是"照"的字头
"日"是"明"的偏旁
就像钟鼓楼是大殿的偏旁
侍女的拘谨是贵妃放浪的偏旁
被踢了一脚的奴才
是朝靴的偏旁，偏偏旁

才人小妾是正室的偏旁，佐料
是食材的偏旁。偏旁在这世界上
数不胜数，它最多是个残废的自己

李元霸的双锤是他性命的偏旁
毁灭是暴政的偏旁
邙山是陛下的偏旁
陆地的偏旁是大海
当然偏旁不能偏得太远，否则
就荒诞，犯罪，逾越了公海区域

# 白园，白居易

一朵白云飘落在白园
白云也有乏累的岁月
它行也从容落也优雅
沉寂是生死的共同本质

我在落雪时候重来拜谒
《琵琶行》的珠玉
在伊阙的冰凌掉落几声
山峦定格于舞姿，略输文采
绵绵的《长恨歌》仿佛无恨

这些在我眼前如此真切
真实得就像从来没发生过

# 千唐志斋

一千个唐人睡在他们的墓志里

王侯贵戚，市井贱民。有的
后代为官，把当初葬于乱坟中
父母的遗骸收拾安顿。有时
并不知那枯骨是否考妣原物

也不知那些故事在窑洞中
靠墙坐卧，是否腰背贴着膏药

那些人夜半起身
散布唐朝的消息。他们着唐装
面食比较适合他们胃口
他们在现世寻找自己的官阶

他们申冤，想继续尚未了断的

悬案，击鼓寻不见鼓


他们遇见一些背不动墓志的

邻居；一些得不到供奉的

散客闲士，他们灵肉离乱

嘴唇可疑，埋进深深的土里


那些书写碑文的手，雕刻

碑铭的凿刀，笔画非主流

面目愈加模糊。唐朝的消息

在夜间，横穿大街小巷走

# 我前面的人和我后面的人

我从不嫉妒那些行走

在我前面的人。他们先行

必是天地之意，父母之恩

他们的言行身姿给我们做着样子

（我们学不学另一回事）


我从不艳羡与我并行的人

即使一起落在水里，手刨脚蹬

只要不相互掣肘、胸怀暗器

不把别人的头往下按，均属公平

（谁能游到岸上才捡到性命）


我也不小觑年齿较幼者

英雄出少年。日后隆隆车行

他们也许成为天才，喂养大众
他们会长出更茂密的胡子
（适才惊闻一位四十九岁作家过世）


我有很多朋友，比如白马王子
洪烛；比如阳光老男孩李清联
九十四岁的好老头屠岸；比如我悄悄
叫他"华南虎"的牛汉；等等
（数不清。多是诗人啊）


名有大小，人分长幼，也能
与所有的年代暗通款曲。他们
有的驾鹤仙归，有的精猛于世
他们有熠熠的诗句和闪亮的牙齿

# 37 个普通人

已不那么经常遥望、仰望英雄
我更爱生命中遇到的普通人

杨东文，你还好吗？
我们班的体育委员。我眼前
又出现了球场上你标准的
投篮姿势。谢谢你为大家
建立了 72（5）班微信群

高中毕业大家各奔各的
生活。老了，只剩下笑容
偶尔还流露出少年时的秘密

教师，医生。微信群里有个

除了功利，其他都有的社会
微信群像干旱天的池塘
老骆驼老马们来饮水


国家新政，养老的保险箱
牢不牢固。治病小秘方
伊川开发新景区空气负离子含量高
结伴去啊。周末聚会
或品茶或喝点小酒
某某住院，大家轮流探护


唐津波的问候，每天七点
就准时刊发在页面上了
唐津波——唐朝的唐，洛阳
天津桥的津，洛水扬波的波

# 近年偶见阎连科

四年前在北京单向街书店
那时他刚得了卡夫卡奖
话语翻飞，更多是相顾无言

北京洛阳，维也纳斯德哥尔摩
他时常凭借思考与想象出游
回家就自我囚禁在住所
保安在岗，手势规范，小区
和小区外的住户都觉得很安全

而思绪常常遁往、缭绕在
自己出生的村子。老旧的
村子不知道自己发生了什么

# 张海离开了那个很大的楼

张海离开了那个很大的楼
不是恨别，也非欣别，是告别

一位朋友打趣，想学徐志摩啊
"挥一挥手，不带走一片云彩"

把"书协主席"的顶戴花翎
轻轻放办公桌上。张海
回到郑州，回到很多人
称呼他"老张"的地方

郑州原先也有不少部下喊主席的
——省文联主席。张海摆摆手
"退休了。退了。叫老张就好。"

老张从不张扬，更和张狂

一辈子没搭上关系

都知道智慧来源于内心的静

不智慧，安静也有益于身体


创作，墨香濡染四季

临帖，最终是临写自己

# 六十多岁了想去福建看看

六十多岁了想再去福建看看
看几位老乡，聊聊客家陈年旧事
看看福建新景致。不然
更老了爱唠叨怕人家烦

在北京的福建朋友，最有名的
是谢冕、王光明——当面我可
不敢触碰谢先生的名讳
谢老师六十多年前仰天大笑进北大

一路云落云起，种福田斩荆棘
擎起"诗坛导师"大旗

中原的河流在福建拨出弦响

高一声，低一声

在沙县小吃店里辨识乡情
还有一直仰视的孙绍振教授
我怕他太忙没心情见我

去福建，最想去厦门
那里有美丽的大学美丽的诗歌
数月前我和儿子陆卓视频，让他
代我去一次鼓浪屿
代我向陈仲义伯伯舒婷阿姨鞠个躬

# 本书注解

## 洛河

洛河发源于陕西洛南的灌举山，流经河南卢氏、洛宁、宜阳，在洛阳以东汇合伊河后，东北经巩义市神堤注入黄河。有《秦始皇歌》："洛阳之水，其色苍苍。祠祭大泽，倏忽南临。洛滨醊祷，色连三光。"

## 河图洛书

河图洛书为华夏文明之源头。《易》曰："河出图，洛出书，圣人则之。"相传，伏羲时代，一龙马从黄河跃出，其身刻有"一六居下，二七居上，三八居左，四九居右"之数字，此为河图。伏羲依照河图而演绎为八卦。今孟津老城西北之负图寺（亦名伏羲庙），据说为当年"龙马负图"之处。大禹治水时，一神龟从洛河爬出，背上数字排列为"戴九履一，左三右七，二四为肩，六八为足，五居中央"，

165

此为洛书。大禹依照洛书制定出治理天下之九章大法。今洛宁洛河岸边西长水村旁，有"洛出书处"古碑两通，据说为当年"神龟贡书"之处。河图洛书以天地之数奇妙组合而涵盖天人合一思想之宇宙图式，反映出东方哲学思想之精髓。

## 曹植（192—232）

字子建。三国曹操第三子，一生随其父长期生活在洛阳，天才诗人，被谢灵运誉为"天下才有一石，曹子建独占八斗"。

## 卢舍那大佛

石雕，雕于唐高宗咸亨三年（672），位于洛阳龙门西山南部山腰奉先寺。龙门石窟是我国四大石窟之一，卢舍那大佛是龙门石窟中艺术水平最高、整体设计最严密、规模最大的一处，也是中国佛教雕塑的顶峰。"卢舍那"，意为智慧广大，光明普照。

## 白马寺

位于洛阳市东、邙山南麓与洛河北岸之间，是佛教传入我国内地后兴建的第一座寺院，素被尊为"释源"和"祖庭"。初建于东汉明帝永平十一年（68）。相传，汉明帝刘庄"夜梦金人，身有日光，飞行殿前，欣然悦之。明日，传问群臣，此为何神?"有臣答曰，此神即"佛"。明帝即派遣大臣蔡愔、秦景出使天竺（今印度）寻佛取经。蔡愔、秦景取回了佛经、佛像，并与天竺高僧摄摩腾、竺法兰东回洛阳，藏经于鸿胪寺，进行翻译工作。次年建寺，名白马寺。寺址在汉魏洛阳故城雍门西 1.5 公里处。

**天竺高僧摄摩腾、竺法兰**

摄摩腾，一名迦叶摩腾，或略称摩腾，相传为中天竺僧人。东汉明帝时，遣蔡愔等十八人为使，往大月氏国求佛法，永平十年（67）请得摄摩腾及竺法兰二僧归，以白马载佛像及经典至洛阳。翌年，汉明帝建白马寺，令摄摩腾、竺法兰讲经，并请从事梵本佛经的汉译。现存《佛说四十二章经》即于此时译出，为中国汉译佛经之始，相传亦为佛教传入中国内地之始（一说于公元前 2 年传入）。竺法兰，传说为中天竺僧人。永平十年，与摄摩腾同在大月氏，受汉使邀请，东行至洛阳，住白马寺，与摄摩腾合译《佛说四十二章经》。摩腾圆寂后，又自译《佛本生经》《佛本行经》《法海藏经》等五部十三卷。

**光武帝**（前6—后57）

即刘秀，汉高祖刘邦九世孙，东汉王朝的建立者。

**雒阳**

今洛阳东，东汉建都处，当时逐渐取代长安（今西安）成为全国最大的商业中心。

**城门侯**

汉代专司守卫都城城门之职的官职。

**金谷园**

晋荆州刺史石崇（249—300）的豪华宅第，故址在今河南洛阳。石崇有爱姬绿珠，当石崇遭人陷害被捕时，她跳楼自殒。

**钟鸣鼎食**

钟，古代乐器；鼎，古代炊器。击钟列鼎而食，形容贵族的豪华排场。见《史记·货殖列传》："洒削，薄技也，而郅氏鼎食。……马医，浅方，张里击钟。"唐代王勃《滕王阁序》："闾阎扑地，钟鸣鼎食之家。"

**洛师一附小**

洛阳第一师范附属小学。

## 周公

姓姬名旦，周文王之子、武王之弟。因其采邑在周，又为公爵，故称周公。曾协助武王伐纣灭商，并将象征国家政权的"九鼎"从朝歌迁入洛阳。他"内弭父兄，外抚诸侯"，创设了一套较为完备的典章制度，史称"制礼作乐"。"梦周公"向来被当地人视为吉兆，也有"得高人指点"的意思。

## 周公庙

始建于隋末唐初，元、明、清代均曾重修，1955 年后曾被作为工人文化宫、青少年俱乐部、洛阳市广播电台、市广播事业局之用，20 世纪 90 年代相继迁出。

## 褚遂良（596—658 或 597—659）

钱塘（今浙江杭州）人，初唐名臣，著名书法家。封河南郡公，人称褚河南。

## 顾恺之（约 345—406）

字长康，小字虎头。东晋时期杰出的人物画家，代表作有《洛神赋图》等。

## 石磊和郭新

本书作者在洛阳三中读高中时的同学。

169

**祖冲之（429—500）**

字文远，祖籍范阳遒县（今河北涞水），生于建康（今江苏南京），南北朝时期著名数学家、天文学家。

**陈与义（1090—1139）**

南宋诗人。字去非，号简斋，洛阳人。官至参知政事。著有《简斋集》。

**韩愈（768—824）**

字退之，河南河阳（今河南孟州市）人，唐代诗人、散文家，"唐宋八大家"之一。有《韩昌黎集》传世。

**苏广超**

本书作者在洛阳三中读高中时的语文老师。

**宓妃**

传说中伏羲的女儿，渡洛水覆舟而死，成了洛神。曹植作《洛神赋》形容她的美："翩若惊鸿，婉若游龙。"

**司马懿（179—251）**

字仲达，河内温县（今河南温县西）人，三国时期魏国杰出的政治家、军事家、权臣。今洛阳城东有司马懿墓。

### 诸葛亮（181—234）

字孔明，时人号为卧龙，琅琊阳都（今山东沂南）人。三国时期蜀汉杰出的政治家、军事家和战略家。

### 刘伶（生卒年不详）

字伯伦。西晋沛国（治今安徽濉溪西北）人。晋武帝时对策，申述"无为而治"之义被黜。司马氏擅权，伶纵酒放浪以示对黑暗统治的不满及对礼法的蔑视。常乘鹿车，携壶酒，使人荷锸相随，道："死便埋我。"与阮籍、嵇康等人合称"竹林七贤"。存世作品有《酒德颂》和诗作《北芒客舍》等。今洛阳所属汝阳杜康村存"刘伶醉酒处"。

### 郎宝洛（1956—1987）

洛阳三中学生，参与并组织被誉为"长江第一漂""黄河第一漂"的"中国洛阳长江漂流队"和"中国洛阳黄河漂流队"，1987年在黄河漂流中牺牲。

### 董卓（？—192）

字仲颖。东汉末陇西临洮（今甘肃岷县）人。大将军何进被杀时进入京城，控制朝廷，废汉少帝，立汉献帝，后为吕布所杀。

**吕布**（？—198）

字奉先，三国人物，原为丁原部将，后改投董卓门下，为董卓义子。后杀董卓。

**貂蝉**

中国古代四大美女之一。

**武则天**（624—705）

唐并州文水（今山西文水县）人，14 岁时被唐太宗选入内宫做才人，高宗时封为昭仪，655 年被立为皇后，690 年在洛阳称帝，改国号为周。

**薛怀义**

武则天的内侍宠臣，酷吏。

**晋惠帝**（259—306）

即司马衷，晋武帝次子，以智力低下著称。

**洛浦秋风**

洛阳八大景之一。其余七景为龙门山色、马寺钟声、金谷春晴、天津晓月、铜驼暮雨、平泉朝游、邙山晚眺。

**汉献帝**（181—234）

即刘协，汉灵帝之子。董卓废少帝刘辩后上台，是董卓的傀儡。建安元年（196）被曹操迎回许都（今河南许昌东），成为曹操的傀儡。操死，曹丕代汉称帝，献帝被迫退位，封山阳公。

## 隋炀帝（569—618）

即杨广，在位期间，开通以东都洛阳为中心，北至涿郡、南到余杭的隋唐大运河。

## 曹操（155—220）

字孟德，东汉沛国谯县（今安徽亳州）人，政治家、军事家、诗人，建安二十一年（216）封魏王，四年后卒于洛阳。

## 蔡文姬

即蔡琰，陈留圉（今河南杞县西南）人，东汉名士蔡邕之女，博学多才，曾被匈奴掳去12年，后被曹操派人迎回，相传写下著名的《胡笳十八拍》。

## 刘禅（207—271）

字公嗣，小字阿斗，刘备之子，蜀汉皇帝。蜀灭之后迁居洛阳，被封为"安乐公"。

## 王羲之（321—379 或 303—361）

字逸少，号澹斋。东晋琅玡临沂（今属山东临沂北）人。官至右军将军、会稽内史。东晋著名书法家，代表作有《兰亭集序》等。

**马金凤**

1922 年生，原名崔金妮，生于山东曹县，豫剧表演艺术家。《花打朝》《穆桂英挂帅》是马金凤的代表剧目。

**荣均亭**

本书作者的小学同学。

**项羽（前 232—前 202）**

秦末农民起义军领袖。秦亡后，自称西楚霸王，兵败于刘邦，在垓下自刎。死前唱："力拔山兮气盖世，时不利兮骓不逝。骓不逝兮可奈何？虞兮虞兮奈若何。"

**王世充（？—621）**

隋朝末年群雄之一，封郑国公，后降唐被杀。

**中州路**

洛阳市区主干道。

**孔子入周问礼处**

洛阳名胜之一，瀍河影院对面有石碑上书"孔子入周问礼乐至此"。

**九龙鼎**

商周时期象征国家政权的铜器。今洛阳西关花坛九龙柱上端所置放的为仿制品。

**老城、涧西**

洛阳市内的两个行政区。

**十大厂矿**

1958 年前后由国家投资建设并由国家相关部委直接领导的大型工业企业，如中国第一拖拉机制造厂、洛阳矿山机械厂、洛阳起重机厂、洛阳玻璃厂、洛阳铜加工厂、洛阳轴承厂、洛阳耐火材料厂等。

**中国一拖**

即中国第一拖拉机制造厂，现名中国一拖集团有限公司。

**张建洛**

本书作者在洛阳三中读高中时的同学。

**邵雍（1011—1077）**

人称"邵夫子"，北宋著名理学家、哲学家、思想教育家，同时亦是河洛文化的继承者和发展者。有诗云："行年六十有三岁，二十五年居洛阳。"其故居号"安乐窝"，位于洛阳天津桥畔，今洛阳市洛龙区。

**司马光（1019—1086）**

字君实，号迂叟，北宋陕州夏县（今属山西）涑水乡人，曾在河南任下层官职，人生最后十五年在洛阳度过，积三十年之功编著《资治通鉴》。

## 吕不韦（？—前235）

曾任秦国之相，封文信侯，聚门客编《吕氏春秋》，汇合先秦各派学说，"兼儒、墨，合名、法"，故称杂家。死后葬于洛阳北邙。

## 吕公著（1018—1089）

字晦叔，北宋寿州（治今安徽凤台）人，拜至司空、同平章军国事，主张以儒学治理国家。

## 洛阳水席

始于唐代，至今已有一千多年的历史，是中国迄今保留下来的历史最久远的名宴之一。"水席"是河南洛阳特有的地方风味菜肴，它风味独特，选料讲究，烹制精细，味道鲜美多样，口感舒适爽利，和龙门石窟、洛阳牡丹并称为"洛阳三绝"。

## 春都火腿肠

洛阳近年所创名牌食品。

## 真不同饭店

专营洛阳名吃的酒店。

**李準**（1928—2000）

曾名李准，洛阳人，中国现代作家，代表作有小说《不能走那条路》《李双双小传》《黄河东流去》等。

**满汉全席**

满族著名酒宴。

**李余良、殷皓、艺辛、方斌、朱怀金**

洛阳当代著名诗人。

**杜康**

中国古代传说中的酿酒之祖。相传，杜康牧羊于空桑涧（今洛阳汝阳杜康村），"余粥弃于桑，郁积成香，竟有奇味，杜康尝而甘美，遂得酿酒之秘"。杜康因此被周平王封为"酒仙"，杜康酒被封为"宫廷御酒"，杜康造酒之处被封为"杜康仙庄"。魏武帝曹操有"何以解忧，唯有杜康"的诗句。

**洛阳唐三彩**

唐三彩是唐代的釉陶生活用具和陶塑工艺品，以黄、绿、红为基本釉色，故名之。唐三彩器的出土以洛阳、西安为最多，质量最高。洛阳唐三彩大多出自墓葬，遗址出土较少，此与唐代洛阳在当时所处的政治、经济、文化地位和当时的厚葬之风密不可分。

步登北邙阪，遥望洛阳山

出自曹植《送应氏》，共两首，此为其中之一。

洛阳名工铸为金博山，千斫复万镂，上刻秦女携手仙

出自鲍照《拟行路难》十八首之二。

共道牡丹时，相随买花去

出自白居易《秦中吟》之十《买花》。

洛阳城里见秋风，欲作家书意万重

出自张籍《秋思》。

瞻彼洛阳郭，微子为哀伤

出自曹操《薤露行》。

"谁家玉笛暗飞声""散入春风满洛城"

均出自李白《春夜洛城闻笛》。

唯有牡丹真国色

出自刘禹锡《赏牡丹》。

一片冰心在玉壶

出自王昌龄《芙蓉楼送辛渐》。

洛阳古多士，风俗犹尔雅

出自苏轼《司马君实独乐园》。

吾生独何幸，卧看洛阳春

出自邵雍《举世吟》。

## 王绣

1942 年生，著名画家，山东潍坊人。洛阳市博物馆名誉馆长、洛阳市文联副主席、洛阳市美协主席、洛阳画院院长、河南省美协副主席。

## 邙山

又名北邙，横卧于洛阳北面，东西绵延 190 公里，海拔 300 米左右，是秦岭山脉的余脉，山上多历代帝王陵墓，旧冢累累。五十里邙山，几无卧牛之地，是古人形容邙山的说法。

## 洛阳铲

特制考古工具，通过对铲头带出的土壤结构、颜色和包含物的辨别，可判断土质及地下有关古墓等情况。

## 刘少伟

本书作者的小学同学。

## 《两都赋》

东汉班固的作品。两都，指西都长安和东都洛阳。东汉建都洛阳，"关中耆老"仍希望复都长安，班固持异议，因此作《两都赋》。《两都赋》颂扬了东汉建都洛阳和光武帝中兴汉室的功绩，体制宏大，写法上铺张扬厉，对张衡的《二京赋》和左思的《三都赋》

均有影响。

**许慎（约 58—约 147）**

东汉汝南召陵（今河南漯河市召陵区）人，所著
《说文解字》一书是中国第一部系统地分析汉字字形
和考究字源的字书。

**白居易（772—846）**

字乐天，生于新郑（今属河南），唐代著名诗人，代
表作有《琵琶行》《长恨歌》等。晚年自号"醉吟先
生""香山居士"，居洛阳十八载直至逝世，葬于洛
阳龙门香山如满禅师灵塔之侧。

**白园**

洛阳人在白居易墓的基础上所建的一处仿唐风格的园
林，位于龙门琵琶峰上。

**元稹（779—831）**

字微之，河南洛阳人，唐朝著名诗人，与白居易并称
"元白"。

**刘禹锡（772—842）**

洛阳（今属河南）人，唐朝著名诗人，与白居易齐
名，时称"刘白"。

**千唐志斋**

位于洛阳市新安县铁门镇。它是已故国民党起义将领、著名爱国民主人士张钫先生所造园林"蛰庐"的一部分，以珍藏西晋、北魏以来历代墓志石刻而闻名，其中唐志最为丰富，达1100多件。现名"千唐志斋博物馆"。

**赵跟喜**

洛阳当代诗人，史学家。

**李清联**（1934—2019）

生于河南沁阳，当代诗人，著有《我们沸腾的工厂》《李清联世纪诗选》等。曾有网络用名"阳光老男孩"。

**骑驴入剑门**

宋陆游诗句，原句为"细雨骑驴入剑门"。

**屠岸**（1923—2017）

生于江苏常州，中国现代诗人、翻译家、出版家。

**周鹤洋**

1976年生，河南洛阳人，当代围棋名将，对抗日、韩选手多有战绩。

**阎连科**

1958 年生，当代著名作家，洛阳嵩县人，代表作有长篇小说《日光流年》《受活》《炸裂志》等。

**张海**

1941 年生，洛阳偃师人，曾任河南省书法家协会主席、河南省文联主席、中国书法家协会主席等职，现任郑州大学书法学院院长。

**王铎（1592—1652）**

明末清初著名书法家，河南孟津（今洛阳市孟津县）人，书法与董其昌齐名，有"南董北王"之称。

**人根之祖，人文之祖**

见"河图洛书"释文。

**鸢尾花、惠安女、《双桅船》**

《惠安女子》《会唱歌的鸢尾花》《双桅船》均为舒婷代表诗作。

# "乡书何处达，归雁洛阳边"

## （初版后记）

"乡书何处达，归雁洛阳边。"这是初唐诗人王湾作品《次北固山下》中的两句。

这几年，心中有时会突然产生一种莫名的焦躁感。去年春节后，父亲的病越来越重，我每隔三四周回洛阳探望一次。望着病床上形销骨立的父亲和守在旁边日渐憔悴的母亲，心里凄惶不已。我知道在自己静下来的时候，钟表的走动声音越发地清晰、响亮，恍然大悟：我快五十岁了。"归雁洛阳边"中的"归"字刺痛了我，使我回忆起自己和洛阳之间发生的许多事。

在我近五十年的生涯中，有七年半在河北沧州度过，十年多一点在洛阳，四年半在南阳，郑州近十一载，十六七年在北京。我和它们的关系、生活感受各

183

有不同。

先说我与北京和郑州的关系。除了在北京读书的四年，我和北京、郑州主要是工作关系，也可以说是生命过程与生活资料的兑换关系。相互依存，相互转换，彼此消耗，当然也相互塑造。但我和洛阳的关系不同，我在洛阳的时候是一个纯真的快乐者和天真的忧伤者，一个物质消费者，不创造任何物质与精神财富。就像我的父母，我对他们只有感恩的分儿。我的出生地在河北沧州——豹子头林冲被发配的那个地方，那时候太小，我对沧州的记忆是模糊的、片段式的。那七年多在我的脑子里只有几个闪动的人影，和以火柴生产为支柱产业的泊头小镇的残缺不全的"自然状态"。当然还有饥饿。当我和姐妹们随父母来到洛阳之后，逐渐地开始有了所谓的"人群意识"，或曰"社会意识"。我的"主体意识"——人生观，包括是非观、善恶观——的初步形成、性格的确立，多半应归结在这里。我常常想念洛阳，不是像有些朋友说的："开始怀旧了，您别是开始显出老态了吧？人上了岁数才会在精神上寻找过去。"其实我早就开始"怀旧"了，从作为知识青年在歌声中奔向"广阔天地大有作为"的地方，到大学毕业留在北京工作，到郑州工作然后再调回北京工作，风风雨雨，沿途布满荆棘、充满竞争，心似乎一直提在嗓子眼儿上，气儿也喘不匀。前面曾经谈及"除了在北京读书的四年"，没错，大学也是洛阳之外我应该感恩的所在。不幸的是后来我回了母校，我在《广播学院和我》这篇文章里说过，我成了她的工作人员；她成了我的"老板"，我和她的关系发生了改变。规范化操作，制度化管理，任务、职责、考核、考评、奖惩，不讲一点虚的。这没什么不对，我出一张方片三，人家打出红桃四，社会有社会的出牌规则，很公平。彼此谁都不欠谁的。爽！可是我欠沧州，欠1978年10月至1982年6月期间的广播学院，尤其欠着洛阳。洛阳在我的生命历程中所起的作用非同一般。家乡之外的夜晚，我在大城市散布着"可吸入颗粒物"的空气质量为"良"的沉闷中抬起头来，往哪里望呢？我常常望见洛阳。想到我的好朋友乔仁卯说的"你的血肉、骨骼是洛阳给的"。这是骨子里的、血脉里的东西。我并没有说洛阳什么都好，哪里都好，洛阳的一棵草都比其他地方的树还高。并不是

185

说我在洛阳的青少年生活中一片阳光灿烂，没有一丝乌云。截止到我去南阳为止，十年生活中，种种挫折、伤痛，毕竟有我作为一个弱小者，包括无知与性格方面的原因，特别是社会的大气候。每个孩子都有"成长的烦恼"。当时"文革"风暴席卷全国。可以说，责任不在这座城市。洛阳有我的父母、姐妹，他们爱我，关心呵护我；有小时候的玩伴，我的小学、中学同学和老师，他们帮助我长大，使我一点点懂事。个别人即使"坏"一点，又能坏到哪里去呢？没有利益之争，没有为了自身的安全非要把别人弄得不安全，没有在生活重压下扭曲的人性驱使中的以邻为壑、机关算尽、无所不用其极。虽然也许会有少数人将在生活重压下扭曲人性，在为以邻为壑、机关算尽、无所不用其极做着准备工作，但它尚未被实施。它在这方面的破坏力量尚未强加于我。我想我们大家在那段时间内，对故乡洛阳的感恩之心应该是具有共同性或者可以称之为共通性的。我颇为幸运，没有参加进成年后与儿时伙伴的生存激烈竞争中去，没有你一拳我一脚的拼斗，他们几乎所有人少年时的无邪与可爱在我的记忆中保存得更持久、更清晰、更完整；

他们成年后成熟、世故的侧面一般也没机会于我们的再度相见时过多表露——我们之间无利害冲突。我在许多老同学、老朋友面前算不上"成功人士"，大约勉强算一个"幸运者"——乘"末班车"上了大学，到一个更大些的城市生活、工作。回洛阳新结识的，也多半游走于"往来无白丁"的社会关系之间，便于从宏观上深入了解家乡的历史和现实的方方面面。其实我这些年来对于"没有为洛阳发展做什么事情"，多少是带点愧疚感的。不过话又反过来说，也许因为如此，身为这样一种有些超脱的文人角色，我竟得到些许客观视角，对我尝试着做做这个"城市的歌者"多少有点益处。于是2005年的某一天，我忽然觉得自己该写写洛阳了，是时候了。我有些紧迫感了。在与自己以往创作的连续性方面看，也许《洛水之阳》可以和已经成书的《34份礼物——写给我的学生的诗》《田楼，田楼》《枫叶上的比尔》恰好构成我的"写实性诗歌四重奏"。是付诸实施的时候了。

我想，《洛水之阳》既是历史，又是现实。既是故乡，又是世界。既是空间，又是时间。我想自己要写的《洛水之阳》，应该从任何一段（首）开始读，都可以进入。任何一个段落的开头，都能看作全书的开头；任何一个段落的结尾，都能看作全书的结尾。或者说任何一段都不是开头，而是进入诗境的入口；任何一段都不是结尾，而是品味无尽诗韵的道路。首尾贯通的人群与建筑群落参差、大场景与小人物的错落应当成为它的结构特色。漫漫历史与个人经历中的宏伟和悲怆在记忆中变得平面化；而今日对事物的客观化描摹、评价与温情则必须有立体感：呈现的是一个四通八达的诗意时空！

从时态方面讲，我现在来写洛阳，需要一个同时面对现在、过去和未来的蒙太奇视角（或曰姿态）。因为诗境本身就应该是一个包容着现在、过去和未来的境域。更深刻地说，洛阳也在现在携带着自己的历史、预示着自己的未来。从根本上说，诗人同样处于现在、过去和未来的纠缠交融之中。不同时期（年龄段）看同一个事物会有不同感觉，有时不同时间段看事物会侧重同一事物的不同侧面。我需要以洛阳的过去与她当下的面貌（自然与人文环境、人物）及"我"在洛阳生活十年的大致经历这三条线索为切入点，跳跃式进行，拼贴式展开，使之通透、灵动，富有弹性，增强时空交错感。既注重事物（人物）的真实性，又不失创作主体的灵动性，既是"个人化"的，又在一定程度上属于"集体记忆"。用中国古人的话说就是"吾心即宇宙、宇宙即吾心"，一个"天人合一"的情境。按照汤因比的说法，"所有的历史都是当代史"。《洛水之阳》不可避免地也将是历史与当代、个体与群体的合一。

认识层面的问题大致解决之后，操作起来就比较快了。我2006年1月23日放寒假回到洛阳，安排了与《洛水之阳》可能涉及的人物的一系列会面，包括知名人士和我的小学、初中、高中同学；安排了一系列走马观花式的对市内及周边地区人文景点的重温性质的探访；找到一大堆与洛阳相关的历史、现实资料。回到北京用两个月的时间创作了《洛水之阳》这部作品。

但是这些散布在电脑屏幕上的分行的句子就是我要寻找的"洛水之阳"吗？历史事件的截取、人物的选取难免以偏概全，那么它们的代表性、合理性表现在哪里？它们构筑的历史与现实交错的时空对一个洛阳人、对洛阳有所了解的人，以及素无知晓者能否透射足够的起码是比较多的能让人初步了解认识洛阳的信息？我讲述的故事，我对洛阳的解读能否引起他们的注意和兴趣？的确让我心中茫然，虽说我已经尽力了。我想让我的叙述和阐释再"客观化"一点，给读者的想象空间再大一点，然而我做到了多少？毫无疑问，我终究战胜不了自己。《洛水之阳》仍旧是只属于我的"洛水之阳"，是"一个人的洛阳"。我知道，小说作品有《一个人的战争》（林白），电影有《一个人的车站》，文化类图书有《一个人的民间视野》（刘晓春）等，如今我拿出的《洛水之阳》同样可以被视作"一个人的城市"。无论从文学理论来讲，还是从作者的创作实践看，每个人所认识、所感受的城市（环境）都是不尽相同故而独一无二的，都是"一个人的城市"。无论我们的表现欲望有多强烈，文学抱负有多大，文学成就却无一例外地囿于自身的各种条件。面对一种文化资源，尤其一种巨大的文化资源，一个人所能成就的东西实在只是一鳞半爪，非常有限。但这并非文学、诗歌的不足，反而是它的本质特征——营造为数不多的意象，照亮意义无穷的意境。

接受美学主张作品的真正实现在于接受之中，这意味着艺术作品的意义只能等待着接受者自己丰富起来。所以，对我们所热爱的事物、意欲成就的事物，我们就只有开阔思路，欢迎更多的人来参加对于洛阳的文化建设与深情礼赞。我今年初在洛省亲期间，看到洛阳近年来写诗的人越来越多，诗歌创作队伍日益壮大，队伍的社会构成越来越多样化，感到非常高兴。

有感于洛阳这方面的历史文化资源和现实生活资源的丰富，很想建议大家就相关理论问题加强探讨，深入研究一下白居易等中国大诗人的写作理念和创作方法。深入生活，用现代人的胸襟和眼光透视生活，写生活中的所闻所见，真实体验，看能否在诗歌的"纪实性"方面下下功夫。以"实到极致便是空灵"为原则，说不定会逐渐形成一个"洛阳诗派"，或其他名称，争取一次写作学意义上的"区域性的整体提升"。

另外，通过洛阳文学艺术界建立互联网站，于其中开设《天下人写洛阳》专栏，除了洛阳作家供稿之外，也欢迎所有汉语作家与用汉语创作的海外人士均积极参与。通过诗歌通过文学建立起洛阳与整个世界对话的窗口。我们不仅要从九朝古都汲取创作养分，我们对她今日的繁荣、她的文化存在和文化传承同样负有责任。《洛水之阳》，也许能够做一块"引玉"的砖头。

在此，我必须还要说到的是：感谢中国书法家协会主席张海先生为本书题写书名；感谢河南省美术家协会副主席、洛阳市美术家协会主席、洛阳博物馆名誉馆长王绣女士为拙著泼墨作画；感谢河南省书法家协会副主席、洛阳市书法家协会主席李进学先生和洛阳书画院副院长王鸣先生题赠墨宝；感谢洛阳市文学艺术研究会执行副会长乔仁卯先生拍摄了书中的大部分照片，这些对我都是极大的鼓励。

2006 年 4 月 4 日

# 后记

  2006 年，我通过记忆采访，写了 40 首与洛阳相关的诗作，了却一段淤积内心已久的事情。读者也许能从这些作品中看到洛阳的山川秀美、历史辉煌与残片，她的现代化工业城市的卓越风采，以及相关人物的动态变化过程，也可见到我少年时愚笨、懵懂的模样，和携带着时代色彩的生活细节。诗集出版后，我分别赠送给一些书中的"当事人"。我记得无论对诗歌有没有兴趣，小学同学的聚会上有近 20 位"发小"还是要在这本薄薄的册子里寻找他们的身影，得到一些满足。后来赵公权来电话说，写得很真实。的确，我没有因为写作的需要去虚构任何事件，存在已经超出我们的想象。

  转眼 12 年过去，2018 年的一天我翻检旧作，在对洛阳的亲切感中产生一种回望的冲动。我只看这些诗歌的题目，又写了几首，再写几首。像是今日之我覆盖昨日之我，像是今日之我修改、远离昨日之我。2006 年的版本中我说过，洛阳对我有恩，"我对她'谢'字刚刚说出了一个'言'字旁"。其实对于她，我还有很多没讲过的话要讲呢。于是我对应原来的 40 首，又写了 40 首。题目与内容有重复的，有对应的，有交错偏离的，不一而足，试图在诗歌创作上有一点探索。具体有没有做到，做得如何，不能仅凭我说。我想说的只有，要爱养育我们的土地，珍视脚下的道路。

作　者

2019 年 11 月，北京